致雷奥和尼娜。
——菲利普·乔达诺

图书在版编目（CIP）数据

寻找暴风雨的小鸟 ／（意）菲利普·乔达诺著绘 ；
谢昱译 . —— 北京 ：海豚出版社，2019.3（2024.1 重印）
ISBN 978-7-5110-3258-4

Ⅰ . ①寻… Ⅱ . ①菲… ②谢… Ⅲ . ①儿童故事－图
画故事－意大利－现代 Ⅳ . ① I546.85

中国版本图书馆 CIP 数据核字 (2018) 第 276167 号

L'oiseau qui aimait jouer dans la tempête © 2018 éditions Milan
Text and illustrations by Philip Giordano
Simplified Chinese translation copyright
© 2018 Bayard Bridge Cultural Consulting Co. Ltd.
All rights reserved.

版权登记号： 01-2018-7801

出 版 人：王　磊
项目策划：筑桥童书
装帧设计：孙阳阳
责任编辑：许海杰　李宏声
特约编辑：戴　叶
责任印制：于浩杰　蔡　丽
法律顾问：中咨律师事务所　殷斌律师

出　　版：海豚出版社
社　　址：北京市西城区百万庄大街 24 号　　邮编：100037
电　　话：010-68996147（总编室）　010-68325006（销售）
传　　真：010-68996147
印　　刷：鹤山雅图仕印刷有限公司
经　　销：全国新华书店及各大网络书店
开　　本：8 开（710mm×1000mm）
印　　张：6
字　　数：10 千
版　　次：2019 年 3 月第 1 版　2024 年 1 月第 2 次印刷
标准书号：ISBN 978-7-5110-3258-4
定　　价：58.00 元

[意]菲利普·乔达诺 著绘　谢昱 译

寻找暴风雨的小鸟

海豚出版社
DOLPHIN·BOOKS
中国国际传播集团

这一刻，
尤利西斯等了很久。

他离开沙丘，
飞奔着穿过海滩。

"嗨！暴风雨，你躲哪儿去啦？"
他朝着大海的方向喊道。

起风了，
浪花越堆越高，越积越厚……

是暴风雨！

尤利西斯灵活地跳来跳去，
躲避着巨大的浪花。

这是他最爱玩儿的游戏。

但是很快，暴风雨就随着大海远去了。
连最后一个浪头也打碎在沙滩上。

潮水退去后，尤利西斯发现了柯奇，
一个小海螺。

"咦，你也喜欢在暴风雨里玩儿吗？"尤利西斯问。

"我吗？不，我一点儿也不喜欢！"柯奇难过地说，
"本来我和伙伴们正在石头上用午餐，突然，一个浪头打了过来，把他们都带走了。我不知道他们去了哪里。"

尤利西斯最喜欢冒险，他为柯奇出了个主意：
"现在唯一能做的，就是去跟踪暴风雨。
来吧，到我头上来，我们去找你的朋友。"

一眨眼的工夫，
他们就飞到了高空中。

柯奇有点儿恐高，
于是他躲进了贝壳里。

海面恢复了平静。
暴风雨消失得无影无踪。

尤利西斯朝着一簇海藻俯冲而下，
将头探入水下。

"你们看到暴风雨往哪儿去了吗？"

"那还用说，"小螃蟹说，
"看看我们的海草床，
都被暴风雨破坏了。
它往金枪鱼游的方向去了。"

金枪鱼们游得太快，
尤利西斯快跟不上了。

"哎，游慢一点儿！"

"对不起，我们急着赶路呢，不能慢下来！"
一条金枪鱼回答说，"看到远处那艘大船了吗？
要不你们去那儿歇会儿，它和我们是同一个方向。"

尤利西斯站在船首休息，没有发现背后饥饿的猫。
还好柯奇的触角伸向后面，看到危险正一步步向他们靠近……

"尤利西斯，当心你后面！"

呼，好险！还好他们及时飞走了。

但是他们看不见轮船了，
它消失在浓浓的大雾中。

两个小伙伴在白茫茫的雾霭中飞了很久很久，
不知道身在何处。

过了一会儿，雾渐渐消散了。
突然，他们听到了一阵喧闹声。

"呜呜！突突！轰轰！"

他们惊喜地大叫："是暴风雨！"

不，这不是暴风雨，而是喧嚣的城市！
在一片震耳欲聋的嘈杂声中，
他们发现了一只白色的大鸟，
那是一只白鹭。
尤利西斯决定跟上去看看……

两个冒险家飞过一片参天耸立的森林。
森林就像一片葱翠的汪洋。

他们又越过巍峨陡峭的群山。
群山就像掠过天空的波浪。

他们听到了轰隆隆的水流声。
又一次，
他们以为找到了暴风雨。

然而，他们又错了。

这只是瀑布的湍流。

夜晚降临了，他们的新朋友白鹭驻足在河流旁边。
"顺着水流的方向，"他说，"你们就能见到大海。"

终于，尤利西斯和柯奇到达了海岸边。

但是这里一点儿暴风雨的迹象都没有！

海鸭们正在悬崖上睡午觉。

"打扰一下，"尤利西斯说，"你们看到过暴风雨吗？"

"它没来过这里。"海鸭们异口同声地说，接着继续打起了盹儿。

"唉！"柯奇深深地叹了口气。

但是尤利西斯一点儿也不气馁，他朝着浩瀚的大海飞去。

突然，刮起了狂风，海浪层层叠叠，越卷越汹涌。
是暴风雨！
比之前更猛烈的暴风雨！

尤利西斯从没见过如此狂躁的大海。
巨大的浪花从四面八方向他涌来，
他拼尽全力想要挣脱。

该往哪里去呢？
尤利西斯第一次感到惊慌失措。
"我好害怕！"
他声音颤抖地说。

柯奇从贝壳里钻出来，竖起两根小触角，
"我观察左边的浪花，你留心右边的，
只要我们并肩战斗，一定可以找到一条出路。"

他们两个齐头迎击暴风雨，绕过了涌起白色泡沫的巨浪。
终于，暴风雨平息了下来，大海恢复了池塘般的宁静。

在平静的海面上，几只小海螺停留在一片海藻床上。
那不是柯奇的朋友们吗？

柯奇向他们讲述了他和尤利西斯惊心动魄的冒险经历。

回到海滨后，小海螺们一一向尤利西斯致谢、道别。

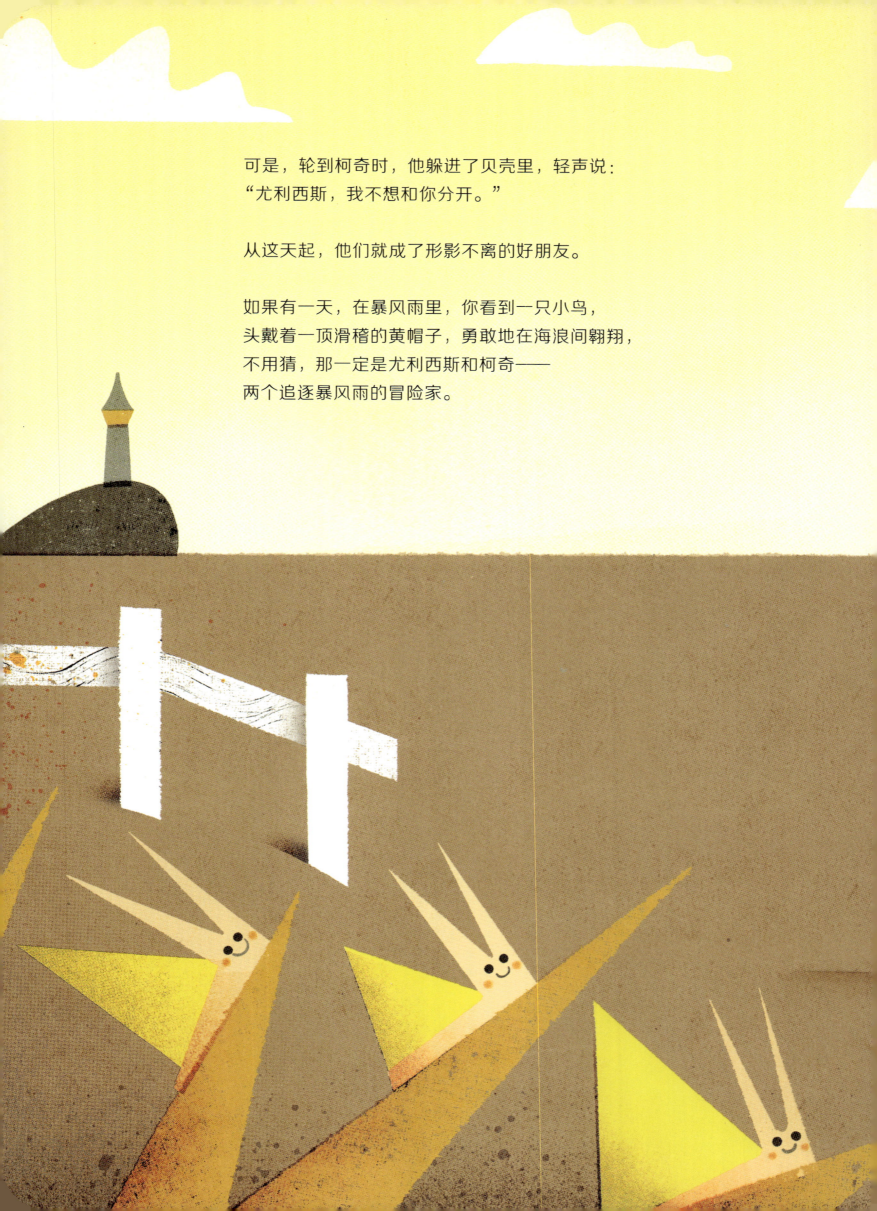

可是，轮到柯奇时，他躲进了贝壳里，轻声说：
"尤利西斯，我不想和你分开。"

从这天起，他们就成了形影不离的好朋友。

如果有一天，在暴风雨里，你看到一只小鸟，
头戴着一顶滑稽的黄帽子，勇敢地在海浪间翱翔，
不用猜，那一定是尤利西斯和柯奇——
两个追逐暴风雨的冒险家。